ANGELIKA **DRABEK**

DER *Traum* VON *Raphael*

VINDOBONA
VERLAG SEIT 1946

Bibliografische Information
der Deutschen Nationalbibliothek:

Die Deutsche Nationalbibliothek
verzeichnet diese Publikation in
der Deutschen Nationalbibliografie.
Detaillierte bibliografische Daten
sind im Internet über
http://www.d-nb.de abrufbar.

Alle Rechte der Verbreitung,
auch durch Film, Funk und Fernsehen,
fotomechanische Wiedergabe,
Tonträger, elektronische Datenträger und
auszugsweisen Nachdruck,
sind vorbehalten.

www.vindobonaverlag.com

© 2023 Vindobona Verlag

ISBN 978-3-902935-92-2
Lektorat: Falk-Michael Elbers
Umschlagfotos: Andrei Zveaghintev,
Wacomka, Kmkruthila,
Heike Falkenberg | Dreamstime.com
Umschlaggestaltung, Layout & Satz:
Vindobona Verlag

Gedruckt in der Europäischen Union
auf umweltfreundlichem, chlor- und
säurefrei gebleichtem Papier.

Inhaltsverzeichnis

Kapitel 1
Im Traum gefunden 7
Kapitel 2
Raphael braucht meine Hilfe 11
Kapitel 3
Wiedersehen mit Raphael im Café 16
Kapitel 4
Im Herbstwald 19
Kapitel 5
Auf einer Berghütte im Winter 23
Kapitel 6
Tiere suchen Hilfe 26
Kapitel 7
Genesung von Rehkitz Helena 29
Kapitel 8
Frühlingsbeginn mit Igeln und Katzen 31
Kapitel 9
Ein „tierischer" Sommer 34
Kapitel 10
Auf einer Insel im weiten Meer 36
Kapitel 11
Rocco 39
Kapitel 12
Dora und Rosalia 41
Kapitel 13
Rückkehr 44

KAPITEL 1

Im Traum gefunden

Es war draußen schon dämmrig. Ich erwartete den Einbruch der Nacht. Langsam versank die Sonne hinter dem Horizont und verlieh dem Himmel ein mystisches blau-rot-goldenes Licht. Gedankenverloren stand ich am Fenster und beobachtete das wundervolle Schauspiel. Nach ein paar Gläsern Wein und etlichem Knabbergebäck war ich etwas müde. Sollte ich mich jetzt schon zu Bett begeben? Nein, es war noch zu früh und ich fürchtete auch die Albträume, die ich nun fast schon jede Nacht hatte und in die ich nicht eingreifen konnte, da es mir nicht mehr gelang, „wach im Traum" zu sein, zu wissen, dass ich träumte. Die Sonne war am Horizont nun schon fast nicht mehr zu sehen. Stattdessen überzogen Wolken den Himmel und dann wurde es schlagartig dunkel. Ich zog die Vorhänge im Schlafzimmer zu, drehte die Nachttischlampe an, die den Raum sofort in wohlig-warmes Licht hüllte, und legte mich unter die kuschelige Bettdecke, die ich bis ans Kinn hochzog. Nach ein paar Minuten erlosch die Lampe, dank automatisch eingestellter Zeit, von alleine. So eingehüllt fiel ich alsbald in einen – vorerst – traumlosen Schlaf.

Plötzlich hatte ich das Gefühl, nicht mehr alleine zu sein. Himmel – was war das nun wieder? Träumte ich oder war ich wach? Langsam setzte ich mich auf und versuchte, die Nachttischleuchte einzuschalten. Es gelang mir nicht! War die Glühbirne kaputt? Ich versuchte es noch einmal. Nichts. Dann, langsam, dämmerte es mir. Ich war nicht wach, sondern träumte und wusste es. Als ich versuchte, aus dem Bett zu steigen, gelang mir das nur mühsam, da mein Körper sich unglaublich schwer anfühlte. Doch dieses Gefühl kannte ich von vor langer Zeit schon, als ich noch luzide Träume hatte. Und dies war jetzt auch so ein Klartraum. *Keine Angst*, sagte ich mir. *Du kannst jederzeit aufwachen, indem du einen Punkt fixierst.* Aber gerade das vermied ich jetzt. Ich wollte wissen, was da geschah und wer sich in meinen Traum geschlichen hatte. Im Wohnzimmer angekommen sah ich in der Küche, die in blaugrünes Licht getaucht war, eine schemenhafte Gestalt am Sessel sitzen, die sich nicht bewegte. Langsam ging ich auf sie zu. Als ich näherkam, erhob sie sich und blickte mich an. „Wer bist du?", fragte ich heiser. „Warum bist du durchsichtig?" Allmählich, noch immer ohne ein Wort zu sagen, nahm die Gestalt eine Form an. „Ich bin so, wie du mich sehen willst", vernahm ich eine männliche, angenehme Stimme. Im nächsten Augenblick stand ein großer Mann vor mir. Gekleidet in weißer Hose und weißem Hemd mit grünem Kragen. Dazu trug er Stiefel, die ihm bis an die Knie reichten. Sein sonnengebräuntes Gesicht zierte ein schwarzer Dreitagebart – passend zu seinem dunklen, kurzgeschnittenen Haar. Seine braunen Augen betrachteten mich eingehend, sodass mir plötzlich ganz warm wurde. *Nur nicht aufwachen*, dachte ich fast panisch. Als hätte er meine Gedanken erraten, lächelte er plötzlich und entblößte dabei blitzend weiße Zähne. Noch immer sagte ich kein Wort und blickte nur auf seine vollen, sinnlichen Lippen. „Wenn du nicht aufwachen willst, dann wirst du es auch nicht", sagte er mit einem Mal. „Komm – ich zeige dir meine Welt – wenn du möchtest." „Ja, sehr gerne", stotterte ich leise. Verdammt, warum brachte ich keinen geraden Satz heraus? Es war doch nur ein Traum – und doch so real. „Wie heißt du?", fragte ich zögernd. „Raphael", erwiderte er lächelnd. „Und du?", kam es fragend von ihm. „Joanna", entgegnete ich leise. „Gut Joanna, mein Engel, dann komm mit mir", erwiderte er und reichte mir seine Hand, die ich schweigend ergriff. Als sich Raphaels und meine Hand berührten, empfand ich eine nie gekannte erotische Energie, die meinen ganzen Körper erfüllte. Instinktiv schlang ich meine Arme um ihn und fühlte gleich darauf seine Lippen auf den meinen. Bevor ich meine Augen schloss und mich ganz meinen Gefühlen hingab, sah ich, wie die mir vertraute Umgebung verschwand und der Traum in eine andere Szene wechselte.

Als ich meine Augen öffnete, war ich überwältigt davon, was ich sah. Raphael und ich waren auf einer grünen Blumenwiese. Rings um uns hohe, alte Bäume mit mächtigen Ästen und Blättern. Ich hörte ein Rauschen und sah hinter mir einen kleinen Bach, der munter vor sich hinplätscherte. Als ich ihn genauer betrachtete, erblickte ich Fische, Schlangen, Muscheln und noch vieles mehr als seine Bewohner. „Wo sind wir?", fragte ich erstaunt. „In meinem Reich", entgegnete Raphael. „Gefällt es dir?" „Es ist traumhaft", sagte ich und musste gleichzeitig lachen. Ja – traumhaft – im wahrsten Sinn des Wortes. „Komm", sagte Raphael und nahm meine Hand. „Da drüben ist meine Hütte." Hütte war ja wohl schwer untertrieben, wie ich alsbald feststellte. Ein großes Haus, bauernhofartig, mit Garten, Scheunen und auf der Wiese unzählige Tiere wie Hühner, Schafe, Kühe, Schweine, Hasen und auch Hunde und Katzen. Ich blieb stehen und konnte nicht glauben, wie viele prachtvolle Dinge ich da sehen durfte. Raphael öffnete die Tür und lud mich ein, hineinzukommen. Langsam setzte ich meine Füße über die Schwelle. Das Gebäude war riesig. Eine Küche mit einem großen Esstisch und einer Bank, Regale gefüllt mit vielerlei Sachen, eine Herdstelle, auf der ein großer Topf mit lecker duftendem Inhalt brodelte. Von der Küche führten Stufen in das Obergeschoss, wo es ein großes Schlafzimmer und noch zwei weitere Räume gab. Das Schlafzimmer war in blau-lila-goldenen Tönen gehalten. Eine schwere Brokatdecke lag auf dem Bett, von goldenen Sternen verziert, die bei näherer Betrachtung lebendig zu sein schienen. Raphael kam langsam auf mich zu und nahm mich sanft in seine Arme. Ich genoss das Gefühl von Nähe, Vertrautheit, Zärtlichkeit, Innigkeit und Sanftheit. „Nichts geschieht, was du nicht willst, kleiner Engel", flüsterte er. „Bleib immer bei mir", bat ich mit leiser Stimme. „Das werde ich", versprach er und in seinen tiefbraunen Augen sah ich, dass er die Wahrheit sprach.

„Ich begleite dich jetzt zurück, für diesmal waren es sehr viele Erlebnisse für dich. Aber ich komme bald wieder", sagte Raphael. Bitte noch nicht, wollte ich erwidern. Zu spät – ich spürte noch seine Lippen, warm, weich und zärtlich auf den meinen, und erwiderte seinen Kuss.

Dann erwachte ich und merkte erstaunt, dass es schon taghell draußen war. Langsam erhob ich mich aus dem Bett, zog die Vorhänge zurück und wollte in die Küche gehen, als mein Blick auf das Bett fiel. Da lagen drei kleine goldene Sterne, die sich hin- und herbewegten. Zögernd nahm ich einen davon in meine Hand und der Stern schmiegte sich sofort hinein. „Ich bin bei dir, mein Engel", vernahm ich Raphaels Stimme. War ich wirklich wach? Oder träumte ich noch?

KAPITEL 2

Raphael braucht meine Hilfe

Es vergingen viele Nächte, ohne dass Raphael noch einmal zu mir gekommen wäre. Die drei goldenen Sterne, die ich auf einer hübschen, blauen Decke neben meinem Bett auf den Nachttisch gelegt hatte, strahlten nach wie vor. Wenn ich sie in die Hände nahm und streichelte, hatte ich das Gefühl, dass Raphael bei mir war, auch wenn ich seine Stimme nicht mehr vernehmen konnte. „Bitte, Raphael", flüsterte ich dann leise. „Warum kommst du nicht mehr zu mir und nimmst mich mit in deine wundervolle Welt?" Aber ich erhielt keine Antwort und ich wusste instinktiv, dass irgendetwas passiert war.

Nach ein paar Tagen fiel mir auf, dass die golden leuchtenden Sterne immer blasser wurden, sich nicht mehr bewegten und fast durchsichtig geworden waren. Erschrocken starrte ich auf sie und nahm dann einen davon in die Hand. Er fühlte sich kalt und fast leblos an. Auch die anderen beiden Sterne strahlten keine Wärme mehr aus. Dann plötzlich hörte ich Raphaels Stimme, die kraftlos und müde klang: „Hilf mir bitte, mein kleiner Engel, ich brauche dich, bitte komm zu mir." Panik überfiel mich. Wie sollte ich denn zu Raphael gelangen? In meinen Träumen? Oder gab es noch einen anderen Weg? „Wie denn, Raphael? Sag mir wie. Ich komme zu dir", flüsterte ich erstickt. „Nimm die drei Sterne, wickle sie in das blaue Tuch und geh in die kleine Waldlichtung, die nahe bei deinem Haus ist. Dort ist ein Steinkreis, den ich für dich angelegt habe. Er ist das Tor in meine Welt." Meine Gedanken überschlugen sich. Es war bereits dämmrig. Doch wie Raphael mir gesagt hatte, wickelte ich die Sterne in das blaue Tuch, zog Schuhe und Jacke an und verließ das Haus. Mit großen Schritten lief ich zu der Waldlichtung, wo ich aus der Ferne bereits den Steinkreis erkennen konnte. Mein Herz klopfte wild und ich hatte Angst. Sollte ich umkehren? Nein! Raphael brauchte meine Hilfe, in welcher Form auch immer. Langsam ging ich die letzten paar Meter auf den Steinkreis zu, der auf einer Seite geöffnet war, sodass ich mühelos hineinkonnte, ohne dass ich über die Steine drübersteigen musste. Kaum war ich in dem Steinkreis, schloss er sich automatisch. Instinktiv drückte ich das Tuch mit den drei Sternen an meine Brust. Jetzt gab es kein Zurück mehr. Ich blickte zum Himmel und sah den Mond groß und voll dort stehen. Erste Sterne leuchteten auf. War das alles real oder lag ich daheim im Bett und träumte? Ich wusste es nicht. Aber mir blieb auch keine Zeit, darüber nachzudenken. Ein Wirbel ergriff meinen Körper und ich hörte Raphaels Stimme: „Alles gut, mein kleiner Engel, keine Angst." Dann verlor ich das Bewusstsein. Als ich wieder zu mir kam, lag ich auf der mir schon bekannten Wiese, auf der ich das erste Mal mit Raphael gewesen war. Aber wie sah diese Wiese jetzt aus! Nicht mehr blühend und voller Blumen und Bäume, sondern kahl und dürr. Erschrocken stand ich auf und sah mich um. Der kleine Bach, der so vielen Tieren ein Zuhause geboten hatte, war ausgetrocknet. In der Ferne sah ich das Haus von Raphael. Langsam ging ich darauf zu und drückte das Tuch mit den Sternen fest an mich. Raphaels Haus war nicht mehr so, wie ich es in Erinnerung hatte. Statt des stolzen großen Bauernhauses war da nur mehr eine halb verfallene Behausung. Auch Tiere waren keine mehr zu sehen. Alles ringsum war beängstigend still. Was war denn hier bloß geschehen? Es musste etwas Furchtbares sein, das war mir sofort klar. Ich drückte die Klinke der schweren Eingangstüre. Sie ließ sich nur mühsam öffnen, doch mit einiger Anstrengung gelang es mir. Ich trat über die Schwelle hinein in die Küche und die Tür flog krachend hinter mir zu. Auch im Inneren des Hauses war alles anders. In der Küche brodelte kein Topf mehr auf dem Herd und sie sah verwahrlost aus. Langsam ging ich weiter in die Wohnstube. Das Tuch mit den Sternen an mich gepresst. Da fühlte ich mit einem Mal, wie die Sterne sich wieder zu bewegen begannen, Leben in ihnen aufkam. „Raphael, wo bist du?", flüsterte ich heiser. „Hier, mein Engel", hörte ich seine Stimme. Und gleich darauf sah ich ihn auf der Bank in der Wohnstube sitzen. Ich erschrak fast vor seinem Anblick. Er wirkte bleich und abgemagert. Sein Körper war in einen Stoffmantel gehüllt, der ihn vor der Kälte im Haus schützen sollte, denn im großen Kamin brannte kein Feuer mehr und es gab auch kein Holz, um wieder eines zu entfachen. „Raphael, was ist bloß passiert?", fragte ich. Hilfesuchend sah er mich an: „Mein Engel, ich bin so glücklich, dass du da bist. Ich habe so gehofft, dass du kommst." „Natürlich bin ich gekommen, ich habe deinen Hilferuf gehört. Und ich werde alles tun, was in meiner Macht steht, um dir zu helfen. Ich liebe dich", sagte ich leise. „Ich liebe dich auch, mein kleiner Engel", kam es matt von ihm. „Danke, dass du mir helfen willst. Aber du wirst sehr stark sein müssen. Ich kann nicht viel tun. Xania, eine schwarze Hexe, hat mich verflucht, mich wehrlos gemacht, da ich ihre Liebe nicht erwidern wollte. Ich hätte sie, als ich noch die Kraft dazu hatte, vernichten sollen." Ich trat näher zu Raphael, strich zärtlich über sein mittlerweile graues Haar und setzte mich neben ihn auf die Bank, wo er mich dann liebevoll in seine Arme nahm und an sich drückte. Es tat so gut, wieder seine Nähe und Liebe zu spüren. „Hör mir zu, mein Engel", sagte er leise, „es gibt einen Weg, um Xania zu vernichten und den Fluch aufzuheben. Aber nur deine Liebe zu mir kann dir dabei helfen. Wenn sie stark genug ist, wird es dir gelingen, mich zu befreien." Ich sah Raphael tief in seine schönen braunen Augen, die nichts von ihrer Lebendigkeit eingebüßt hatten. „Ich tu alles, was nötig ist und ich tun kann. Meine Liebe zu dir wird stark genug sein, um den Fluch von dir zu nehmen", sagte ich zu ihm. Langsam stand Raphael auf und wankte etwas. Ich bot ihm meinen Arm an, an dem er sich festhielt. Langsam gingen wir beide vor das Haus, wo wir uns auf der mittlerweile morschen Holzbank niedersetzten. „Gut mein Engel", sagte Raphael. „Dann werde ich dir jetzt sagen, was du tun musst. Da vorne siehst du einen Kräutergarten, den habe ich durch einen Zauber geschützt, Xania kann ihm nichts anhaben. Nimm von jedem der Kräuter eine Handvoll und gib sie in ein Gefäß, das du in der Küche findest." Ich tat, wie Raphael mir gesagt hatte. Ich ging in die Küche, nahm einen großen Topf aus dem Regal und pflückte die

Kräuter, die ich dann in diesen gab. „Was nun Raphael?", fragte ich. „Du musst damit in den ‚alten Wald' gehen, er befindet sich nur wenige Minuten von hier. Dort stellst du ihn auf den Boden, zündest die Kräuter an, damit sie einen lieblichen Duft verströmen, das wird die Hexe anlocken, denn Xania liebt Kräuterdüfte. Was Xania aber nicht weiß, ist, dass diese Kräuter auch Gift enthalten, das sie töten wird. Ich gebe dir einen Feuerstein mit, mit dem du das Kraut entfachen kannst." Ich tat, wie Raphael mir gesagt hatte und machte mich auf in den „alten Wald". Dort stellte ich den großen Topf ab, entzündete die Kräuter und wartete. Alsbald fühlte ich, dass ich Gesellschaft hatte. Ich erwartete Xania, aber als ich mich umblickte, erspähte ich einen Zwerg mit gelber Mütze, rotem Haar und grünem Gewand, dazu trug er lila Schuhe. Er sah mich freundlich an und sagte: „Hallo, du Schöne. Ich weiß, was du hier machen willst. Sei vorsichtig. Das ist ein guter Rat. Xania ist heimtückisch und sie wird versuchen, dich in eine Falle zu locken. Sei stark. Denk an deine Liebe zu Raphael und an seine Liebe zu dir. Zweifle nie daran. Egal, was geschieht." Ich bedankte mich bei dem Zwerg, der so plötzlich, wie er aufgetaucht, auch wieder verschwunden war. Dann wurde es schlagartig stockdunkel. Ich sah nicht einmal mehr die Hand vor meinen Augen. Nur das Kräuterfeuer glühte in dem Topf. Einem gewaltigen, grellen Blitz folgte ein unheildrohendes Donnergrollen und gleich darauf stand eine in Schwarz gekleidete Gestalt mit langen, feuerroten Haaren vor mir. „Hallo, du kleiner Schutzengel", kam es höhnisch von ihr. „Glaubst du wirklich, dass du mich mit diesem ‚Kräutereintopf' zur Strecke bringen kannst? Da hat dir Raphael ja gewaltig etwas Falsches erzählt. Er benutzt dich doch nur, um sich von mir ‚freizukaufen'. Die Kräutergeschichte ist ja wohl das Allerletzte, das er zu bieten hatte. Aber gut, ich schlage dir einen Deal vor: Du bleibst bei mir als meine Gefangene bis in alle Ewigkeit und ich gebe ihn frei." Xania zog wirklich alle Register. „Du glaubst doch nicht wirklich, dass ich darauf einsteige", erwiderte ich. „Und selbst wenn, welche Garantie hätte ich, dass du ihn tatsächlich freigibst?" „Keine, aber wenn du Raphael liebst und ihn retten willst, hast du wohl keine andere Wahl", kam es hämisch von Xania. „Das sehe ich anders", erwiderte ich leise und zu allem bereit. „Wie du willst, du ‚Möchtegern-Engel', dann lass uns kämpfen. Wir werden ja sehen, wer stärker ist", kam es drohend von Xania. Groß und übermächtig baute sie sich vor mir auf und ihr langes Haar wallte im plötzlich aufgekommenen Wind. Aus ihrer Rückentasche zog sie ein Schwert und war ganz offensichtlich bereit, mich zu töten. Da kamen mir wieder die Worte Raphaels und die des Zwerges in den Sinn: *Zweifle nie an der Liebe, die ihr zueinander habt. Glaub Xania kein Wort, was sie über Raphael sagt.* Ich hatte keine Waffen bei mir, nur den Kräutertopf und meine Liebe zu Raphael. Einer plötzlichen Eingebung folgend nahm ich die drei goldenen Sterne in die Hand, die sich sofort ungeduldig zu drehen begannen, als hätten sie schon darauf gewartet, tätig zu werden. Ich warf sie in den Kräutertopf, der mittlerweile bereits ausgekühlt war, und schleuderte alles zusammen mit Schwung in Xanias Gesicht. Mit einem höllischen Aufschrei ging diese zu Boden und ich sah, wie sie immer mehr zusammenschrumpfte, bis schließlich nur mehr ein Häufchen Asche von ihr übrig war.

Wenige Augenblicke danach wurde es taghell. Der Wald erstrahlte in wunderschönem Grün und die Bäume, die den Wind nun wieder spüren konnten, wiegten ihre Äste im Licht der Sonne. Raphael stand mit einem Mal vor mir, so, wie ich ihn kannte. „Danke mein Engel, du hast mich gerettet", sagte er leise und nahm mich in seine Arme. „Danke, dass du nie an meiner Liebe gezweifelt hast, denn ich werde dich bis in alle Ewigkeit lieben." „Das werde ich auch, dich bis in alle Ewigkeit lieben, Raphael", erwiderte ich und sah ihm tief in die Augen. Den zarten Kuss seiner Lippen erwiderte ich hingebungsvoll. „Bis bald, mein kleiner Engel", sagte Raphael leise. „Bald werden wir für immer zusammen sein. In deiner oder meiner Welt."

Als ich kurz darauf in meinem Bett erwachte, war es mir nach wie vor nicht klar, ob alles nur ein Traum gewesen war. Drei goldene Sterne auf meiner Bettdecke, die sich sanft im Licht der Morgensonne bewegten, sagten mir, dass es zwischen Traum und Realität wohl keine Grenze gibt und alles möglich ist.

KAPITEL 3

Wiedersehen mit Raphael im Café

Sehr bald fragte ich mich, ob das, was ich mit Raphael erlebte, nicht doch nur ein Traum war oder, besser gesagt, eine andere Realitätsebene. Was wäre der Unterschied? Da Raphael nicht wiederkam, hegte ich doch bald Zweifel. Liebe zu mir – Liebe zu ihm, doch alles nur ein Wunschdenken, das ich mir selbst zusammengereimt hatte. Sehnsucht nach Liebe und Geborgenheit, Zweisamkeit, Partnerschaft, Ende des Alleinseins. Manchmal hörte ich noch Raphaels Stimme, die mir sanft und leise zuflüsterte: „Mein Engel, bald bin ich in deiner Welt." Doch die Tage vergingen und nichts geschah. Und meine Zweifel wurden immer größer. Es war alles bloße Einbildung, sagte ich mir. Und dennoch spürte ich genau, dass dem nicht so war.

Eines Tages ging ich wieder in mein Stammcafé und setzte mich auf meinen Lieblingsplatz in dessen Vorgarten. Die Sonne schien, die Vögel zwitscherten, die rote Hauskatze des Cafébesitzers wuselte um meine Beine, um mir guten Tag zu sagen. Es war ein wunderschöner Morgen und ich bestellte mir wie gewohnt einen Kräutertee mit Zitrone, dazu ein Croissant mit Butter und Marmelade. Mir gegenüber saß ein Mann, der mich zu beobachten schien. Ich schenkte dem vorerst keine Bedeutung, als er schließlich aufstand und an meinen Tisch kam. „Verzeihung", sagte er. „Ich will nicht stören, aber darf ich mich zu dir setzen?" Das „du" von einem Fremden verblüffte mich. Ich sah ihn an und erstarrte. *Raphael!* – schoss es mir durch den Kopf. *Völlig unsinnig*, sagte mein Verstand, aber mein Herz sagte etwas anderes. Gekleidet in weißem Gewand mit grünem Schal und braunen Schuhen stand er vor mir. Seine Augen sahen mich fragend an. „Ja, gern", entgegnete ich leise. Lächelnd nahm er Platz und schenkte mir unaufgefordert Tee nach. „Kräuter", meinte er leise. „Die kennen du und ich doch, nicht wahr?" „Ja,

Raphael, endlich bist du da", es war nur ein heiseres Flüstern, das aus meiner Kehle kam. „Ich dachte schon, du kommst nie wieder." „Ich hab es dir doch versprochen, mein Engel", hörte ich Raphael leise sagen. „Jetzt bleibe ich für immer bei dir." War das jetzt wiederum nur ein Traum? Ich wollte es nicht wissen. Falls ja, dann wünschte ich mir, nie mehr daraus aufzuwachen.

Als ich meinen Tee getrunken hatte, wollte ich bezahlen. Aber Raphael ließ es sich nicht nehmen, mich einzuladen, wofür ich ihm dankte. Schweigend standen wir auf und er nahm meine Hand. Den kurzen Weg zu meinem Haus legten wir wortlos und in Gedanken versunken zurück. Immer wieder sahen wir uns an. Dann legte Raphael seinen Arm um mich und zog mich zärtlich an sich. „Mein kleiner Engel", sagte er liebevoll und lächelte mich an. Als wir in meinem Haus waren, wir beide allein, spürte ich eine nie da gewesene erotische Spannung zwischen uns. Ich wollte mehr als nur Umarmungen. Ich wollte ihn spüren, küssen, streicheln, zärtlich sein. Als hätte Raphael meine Gedanken gelesen, sagte er auf einmal: „Das will ich auch, mein Engel." Ohne Worte gingen wir in mein Schlafzimmer, wo ich die Vorhänge zuzog. Raphael setzte sich auf das Bett und zog mich an sich. Seine zärtlichen und heißen Lippen strichen über meinen ganzen Körper. Noch nie hatte ich etwas Ähnliches erlebt. Ich genoss das Gefühl, begehrt und geliebt zu werden, und ich erwiderte seine Zärtlichkeit mit für mich noch nie dagewesener Intensität. Gemeinsam erlebten wir einen erotischen Höhenrausch, der alles andere, was ich je erlebte, himmelhoch überbot.

Stunden später erwachte ich in Raphaels Armen. Eng an ihn geschmiegt sah ich, dass wir auf seiner blühenden Wiese lagen. Den kleinen Bach hörte ich aus der Ferne rauschen und zwei Rehe beobachteten uns aus sicherer Entfernung. Einige Hasen hoppelten durch das grüne, hohe, Gras. Raphael nahm meine Hand und half mir beim Aufstehen. Er zog mich liebevoll an sich und wir gingen den kurzen Weg, vorbei am Bach, in dem es nun wieder voll Leben wimmelte, zu seinem Haus. „Komm mein Engel", sagte er leise. „Am Herd habe ich einen guten Eintopf für uns stehen. Der wird uns stärken", fügte er mit einem Augenzwinkern hinzu. „Ich hab noch gar keinen Hunger", erwiderte ich, ebenfalls mit einem Augenzwinkern. „Gar keinen?", kam es leise und fragend von ihm. „Also, wenn du mich so fragst", meinte ich schelmisch und lächelte Raphael liebevoll an. Wortlos nahm er meine Hand und wir gingen gemeinsam in das blau-lila-goldene Schlafzimmer, wo wir uns auf der Brokatdecke mit den goldenen Sternen niederließen. Seine Zärtlichkeit und seine Küsse raubten mir den Atem. Ich sah, wie die goldenen Sterne die Bettdecke verließen und an die Zimmerdecke schwebten, von wo aus sie den Raum in fast unwirkliches, ja traumhaftes Licht hüllten. Und wieder erlebten wir gemeinsam einen erotischen Höhenflug. Ich hatte das Gefühl, mit Raphael zu verschmelzen, eins mit ihm zu werden und mich in ihm und mit ihm aufzulösen. Langsam senkten sich die Sterne wieder herab und bedeckten uns wie mit einem goldenen Tuch. Zärtlich sahen Raphael und ich uns an und schliefen schließlich erschöpft und glücklich, eng aneinandergeschmiegt, ein. In welcher Welt würden wir wohl am nächsten Morgen erwachen?

KAPITEL 4

Im Herbstwald

Als ich die Augen aufschlug und bemerkte, dass wir wieder in meinem Schlafzimmer auf dem großen, bequemen Bett lagen, war ich fast ein wenig wehmütig. Ich hatte insgeheim doch gehofft, dass wir wieder in Raphaels Welt aufwachen würden. Zärtlich blickte ich Raphael an und küsste ihn sanft auf die Lippen. Er erwiderte meinen Kuss mit Hingabe und nahm mich liebevoll in seine Arme. „Sei nicht traurig, mein Engelchen", sagte Raphael leise. „Aber ich würde vorerst gerne mit dir in deiner Welt bleiben. Sie gefällt mir." „Ich bin nicht traurig", erwiderte ich leise. „Es ist egal, wo wir sind, Hauptsache, wir sind zusammen!"

Es war mittlerweile Herbst geworden und die Bäume trugen rot-grün-braun-goldenes Laub. Einiges davon lag schon am Boden und bedeckte die Wege. Es war nur mehr eine Frage der Zeit, bis die Bäume vollständig kahl sein würden. Die Sonne stand untertags mittlerweile schon tief am Himmel, aber sie verbreitete noch eine angenehme frühherbstliche Wärme. „Lass uns einen Spaziergang in den Wald machen", meinte ich an einem schönen Herbsttag zu Raphael. „Gerne", erwiderte er und sah mich strahlend und erwartungsvoll an. So machten wir uns auf den Weg und spazierten zu der nahe bei meinem Haus gelegenen Waldlichtung. Der kleine Pfad durch den Wald war bereits mit etlichem buntem Laub bedeckt, das bei jedem unserer Schritte geheimnisvoll raschelte. Wie zwei kleine Kinder hatten wir Vergnügen daran, es mit unseren Schuhen aufzuwirbeln und in die Luft zu werfen. Die Sonne schien durch die mittlerweile fast schon kahl gewordenen Bäume und tauchte den Wald in ein geheimnisvolles Licht. Erste Nebelschwaden wallten auf und ich meinte zu Raphael, dass es wohl besser sei, ins Haus zurückzukehren. „Hast du Angst im Nebel?", fragte er belustigt. „Nein, aber wenn ich fast nichts sehen kann, fürchte ich mich doch etwas", erwiderte ich leise. „Gut, dann lass uns gehen. Mir ist schon ein bisschen kalt und ich freue mich auf eine Tasse Tee und Wärme", sagte er, wobei Letzteres sehr verheißungsvoll und auch verlangend klang. „Ich werde dich wieder aufwärmen", versprach ich Raphael mit einem Zwinkern und Lachen. „Das hoffe ich doch, mein Engel", kam es leise von ihm. Doch noch sollte uns die Rückkehr ins warme Haus nicht beschieden sein. Natürlich hätten wir das leise Fiepen auch ignorieren können, was wir aber nicht taten. Raphael blieb stehen und ging dem fast weinerlichen Ton nach. Langsam und vorsichtig schob er mit seinen Händen den vor uns liegenden Laubhaufen beiseite und entdeckte zwei kleine Igel, die sich darin verkrochen hatten. Sie waren sehr klein, zu klein, um in der kalten Jahreszeit zu überleben. Wir suchten die umliegende Umgebung ab, aber von der Mutter war weit und breit keine Spur zu sehen. „Wir nehmen sie mit", sagte Raphael, nahm die Igel vom Boden auf und wickelte sie in seinen langen, breiten Schal. „Ich habe im Keller einen großen Käfig", meinte ich. „Und auch Stroh und Heu, um den Igeln ein warmes Lager für ihren Winterschlaf zu bereiten. Und wir päppeln sie auf, bis wir sie dann im Frühling wieder in die Natur lassen können." „Sehr gut", erwiderte Raphael lächelnd. „So machen wir es." Daheim angekommen richteten wir den beiden Igeln eine behagliche Behausung her, die diese sofort annahmen. Futter sowie Wasser gaben wir in den großen Käfig, den ich in das Wohnzimmer gestellt hatte. Als die Igel versorgt waren, sagte Raphael lächelnd: „Mein Engel, wie wäre es jetzt mit Essen für uns beide?" „Lass uns etwas zubereiten", entgegnete ich. Raphael folgte mir in die Küche. „Schauen wir mal, was du in deinem Schrank hast", meinte er. „Wurst, Käse, Gemüse, Salat, Soßen, Brot", zählte ich Raphael auf. Er nahm eine Packung Fleisch in die Hand und sagte kopfschüttelnd: „Das kaufen die Menschen hier? Was heißt ‚Bio'? Ist das eine andere Form für ‚artgerechte Haltung', die es sowieso, denke ich, nicht gibt? Wir, in meiner Heimat, ehren und lieben alle Tiere. Das ist in deiner Welt leider anders, oder?" Beschämt senkte ich meinen Kopf. „Ja", erwiderte ich leise. „Viele Menschen beuten die Natur aus, benutzen Tiere, um billiges Fleisch zum Essen zu haben. Viele Tiere müssen Qualen leiden, nur aus Gewinnsucht der Menschen. Können wir dagegen etwas tun?" Ich sah Raphael lange fragend an. „Ja", erwiderte er nach fast endlos scheinendem Nachdenken. „Ich habe da eine Idee, aber lass uns erst etwas essen. Gemüse und Kartoffeln mit Soße." Freudig nickte ich und begann, eine Pfanne mit Öl am Herd zu erwärmen, worin ich das Essen dann zubereitete. Mit ein paar Gläsern guten Rotweins verfeinerten wir unsere Mahlzeit. „Raphael", sagte ich bald darauf leise. „Ich glaube, ich spüre den Wein ein bisschen." „Dann lass uns zu Bett gehen", flüsterte er. Gemeinsam gingen wir in mein Schlafzimmer, aber nicht ohne vorher noch auf den Käfig mit den Igeln gesehen zu haben, die in ihrer neuen Unterkunft bereits selig schliefen. Wir sanken auf das weiche Bett und hüllten uns in die warme Decke. Raphaels Körper dicht an den meinen. So schliefen wir ein und erwachten am nächsten Morgen, geweckt von Vogelgezwitscher. Die Sonne schien bereits am wolkenlosen Himmel und ich küsste Raphael wach. „Guten Morgen, mein Engel", sagte er sanft. Freudestrahlend sah ich Raphael an. „Guten Morgen, mein Schatz", erwiderte ich. Unsere Lippen fanden sich zu einem langen, intensiven und zärtlichen Kuss. Die Intensität, mit der wir uns dann liebten, unsere Körper – und unsere Seelen – miteinander verschmolzen, lässt sich mit keinen Worten beschreiben. Glücklich lagen Raphael und ich danach dicht beisammen. „Wie können wir den armen Tieren helfen?", fragte ich leise und sah ihn lange an. „Wir können viele davon in meine Welt oder auf einen anderen Platz bringen. Es gibt so viele Orte, wo man gut zu den Tieren ist und wo sie geehrt werden", meinte Raphael nach einer schier endlos langen Pause. „Gut", erwiderte ich, voll des Tatendrangs. „Dann lass überlegen, wie wir das in Angriff nehmen könnten." Doch Raphael und ich hatten nicht sofort sprühende Ideen, was wir am besten für die Tiere machen konnten und wie wir es angehen sollten. Der Herbst neigte sich langsam dem Ende zu. Immer wieder schneite es schon ein wenig und es wurde kalt und winterlich. Da die Igel ihren Winterschlaf hielten, beschlossen wir, ein paar Tage auf meiner Berghütte zu verbringen. Ich wollte Raphael unbedingt den Winter in meiner Heimat zeigen, der oft kalt und stürmisch war, aber auch romantisch und schön sein konnte, wenn man dafür offen und bereit war. Das kannte Raphael nicht und war umso neugieriger, dies alles zu erleben. Am nächsten Morgen packten Raphael und ich zwei Rucksäcke mit allem Nötigen ein und zogen uns warme Winterkleidung an. Vorräte hatte ich genug auf der Hütte. Vergnügt machten wir uns schließlich auf den Weg.

KAPITEL 5

Auf einer Berghütte im Winter

Raphael und ich stapften in dicken Winterstiefeln und warm eingehüllt, die Mützen tief ins Gesicht gezogen, durch einen mit Schnee bedeckten Wald. Die Äste der Bäume bogen sich unter der Schneelast und es hatte wieder etwas zu schneien begonnen. Die Sonne war kaum zu sehen, sie leuchtete nur hie und da zwischen den Bäumen hervor, aber verströmte so gut wie keine Wärme. Einige Krähen, Rotkehlchen, Meisen und Amseln flogen aufgeregt zwischen den Bäumen hin und her, als sie unserer Gegenwart gewahr wurden. Nach einem uns endlos scheinenden Fußmarsch, bedingt durch die Witterung, kamen wir etwas durchfroren in der kleinen Berghütte an, die auf einer verschneiten Anhöhe gelegen war. Die Berghütte war „winterfest", mit einem Kamin in der Mitte des Wohnraumes. Neben dem Kamin war Holz gelagert und auf dem großen Tisch standen Petroleumlampen. Aber es gab auch Licht und Heizung, fließendes Wasser sowie ein Badezimmer und eine Toilette. Da Raphael und ich beschlossen hatten, die „Annehmlichkeiten der modernen Welt" vorerst nicht zu nutzen, zündete ich die Petroleumlampen an und Raphael machte Feuer im Kamin. Alsbald war eine wohlige Wärme im Raum zu spüren und die Lampen tauchten das Zimmer in sanftes Licht. Raphael und ich setzten uns auf die bequeme Couch, auf der dicke Decken in verschiedenen Farben lagen. Eingehüllt in diese saßen wir eng aneinandergekuschelt beisammen und sahen den Flammen im Kamin zu, die gierig das Holz verschlangen. Ich küsste Raphael sanft auf seine Stirn und meine Hände fuhren liebevoll durch sein volles, dunkles Haar. Dann glitten meine Lippen weiter zu den seinen und wir verschmolzen in einem endlos scheinenden Kuss. „Danach habe ich mich schon die ganze Zeit gesehnt", kam es flüsternd von Raphael. „Ich auch", erwiderte ich leise. Er nahm die

Decke, die ich um mich gelegt hatte, von mir, um mich sofort in die seine einzuhüllen. Ich spürte seinen warmen Körper, seine sanften, streichelnden Hände, seine Küsse und seine Zärtlichkeit, die ich mit Hingabe und Liebe erwiderte. Was Raphael und ich je gemeinsam erotisch erlebt hatten, war bis jetzt einmalig für mich gewesen. Aber nun begann ein Höhenflug, von dem ich nie geglaubt hätte, dass es ihn gibt, geschweige denn, ihn erleben zu dürfen. Raphael riss mich mit seiner Zärtlichkeit, Begierde und Liebe mit in eine mir unbekannte, neue Welt. Ich hatte keine Angst mehr, meinen Gefühlen zu folgen und mich hinzugeben. Ich ließ mich einfach treiben von den Wogen bisher nie gekannter Ekstase. „Mein Engel", hörte ich Raphael flüstern. „Wir sind eins und gehören für heut und immer zusammen." „Ja", entgegnete ich leise. „Wir gehören zusammen, für alle Ewigkeit."

Als wir danach eng aneinandergeschmiegt und glücklich zusammen auf der Couch saßen, vernahmen wir plötzlich ein klägliches Fiepen vor der Hütte. Schnell warfen Raphael und ich uns warme Kleidung über und wollten nachsehen, woher diese Laute kamen. Gleich darauf erblickten wir vor unserer Hütte im Schnee ein junges Reh, das uns mit großen braunen Augen ansah. Sein rechtes Vorderbein schien verletzt, es blutete ein wenig. Sanft nahm Raphael das Reh in seine Arme und trug es vorsichtig in die Hütte. „Ich hab einen Stall, gleich nebenan", sagte ich zu Raphael. „Da ist Stroh und Heu, da können wir dem Reh ein weiches Lager bereiten. Auch Kastanien zum Essen sind da und sauberes Wasser hole ich noch aus der Hütte." „Wir müssen das Bein versorgen und schienen", meinte Raphael fürsorglich. Ich holte Wundverband, ein Stöckchen Holz und Leukoplast zum Festbinden. Raphael verband die Wunde des Rehs so gut er konnte, schiente das Bein, das zum Glück nicht gebrochen war, aber geschont werden musste. Das Reh, ein Mädchen, wie wir feststellten, schaute uns interessiert und furchtlos mit großen Augen an, als wir es in den kleinen Stall brachten. „Wir nennen sie Helena, was meinst du, Raphael?", fragte ich. „Helena klingt gut", meinte er lachend. Sanft strich ich über Helenas Rücken und sie stupste mit ihrer Schnauze leicht an meine Hand. „Komm, iss etwas", sagte ich leise zu ihr. Dann endlich, nach etlicher Zeit, machte sich Helena über die Kastanien her und trank etwas Wasser. Den rechten, geschienten Vorderlauf von sich gestreckt, schlief sie dann erschöpft und müde ein. Raphael und ich gingen zurück in die Hütte. Morgen Früh würden wir gleich wieder nach Helena sehen.

„Schau, Engelchen, wir können für die Tiere vorerst mal ‚im Kleinen' was tun. Die Igel, jetzt das Reh, das ist schon mal ein Anfang. Und dann überlegen wir, wie wir weiter vorgehen können", sagte Raphael leise. „Ja, du hast völlig recht", entgegnete ich. „Und ich bin so froh, dass wir das tun konnten. Die Tiere haben unsere Hilfe gesucht, nicht wahr?", fragte ich Raphael leise. „Ja, das haben sie. Die Igel und das Reh haben *uns* gefunden, nicht umgekehrt", sagte Raphael mit einem Lächeln.

„Dann machen wir uns jetzt auch etwas zu essen", schlug ich vor. „Vorher oder nachher?", fragte Raphael und sah mich augenzwinkernd an. Zärtlich nahm ich Raphaels Hand und es bedurfte keiner weiteren Worte mehr zwischen uns.

KAPITEL 6

Tiere suchen Hilfe

Am nächsten Morgen, gestärkt durch ein ausgiebiges Frühstück, das Raphael und ich gemeinsam zubereitet hatten, machten wir uns vorerst daran, nach Helena zu sehen. Diese lag glücklich in ihrem Heubett, hatte auch schon ihr „Geschäft" am Stroh verrichtet, das wir sofort entsorgten und wir gaben Helena frisches Stroh. Die Kastanien hatte Helena fast ganz aufgegessen und Raphael und ich füllten den Fressnapf mit neuen Kastanien. Auch das Wasser wechselten wir gegen frisches aus. Dann sahen wir nach Helenas Bein. Geduldig ließ sie dies geschehen und wir versorgten die Wunde mit Heilsalbe und neuem Verband. Dankbar sah sie uns mit ihren wunderschönen rehbraunen Augen an. „Siehst du", sagte Raphael. „Alles, was wir für nur *ein* Tier tun können, zählt." „Ja", erwiderte ich glücklich. Wir gingen zurück in die Hütte und packten unsere Rucksäcke, da wir in die Stadt wollten. Helena sah uns nach, als wir den Stall verließen. „Wir sind bald wieder da, kleine Helena", sagte ich zu ihr und schenkte ihr einen liebevollen Blick.

Diesmal gingen Raphael und ich nicht zu Fuß, da es stark geschneit hatte und noch immer Schnee fiel. Wir nahmen mein großes Auto, das in der Garage neben der Hütte bereit stand, und machten uns auf den Weg. In der Stadt angekommen, hatten wir Mühe, einen Parkplatz zu finden. Schließlich gelang es uns doch. Raphael und ich betraten das große Kaufhaus, das einzige, das es dort gab, um unsere Vorräte aufzufüllen, denn wir hatten beschlossen, noch einige Zeit in der Berghütte zu bleiben. Als wir wieder zum Parkplatz kamen und unsere Einkäufe verstaut hatten, sahen wir schräg gegenüber einen PKW, aus dem gedämpfte Laute kamen. Wir schlossen das Auto ab und gingen zu dem vor uns stehenden Wagen. Dort glaubten wir nicht, was wir sahen! Auf dem Anhänger waren, dicht zusammengedrängt, mindestens zehn bis zwölf Hundewelpen, die ganz offensichtlich erbärmlich froren und Hunger und Angst hatten. Vom Inhaber des Autos war keine Spur zu sehen. Mit meinem Handy, das ich immer bei mir hatte, riefen wir die Polizei, die in den nächsten zehn Minuten vor Ort war. „Da haben Sie ja einen argen Welpenhandel aufgedeckt", sagte einer der Inspektoren zu mir. „Wir beschlagnahmen die Welpen und bringen diese in das nächstgelegene Tierheim." „Was passiert mit den Händlern?", wollte ich wissen. „Wir suchen diese anhand der Kennzeichennummer", ließ mich der Polizist wissen. Aber dazu kam es nicht. Augenblicke später kamen zwei Männer, aufgeregt mit den Armen fuchtelnd, zu dem Auto. „Wir hier sind, nix wegbringen, unsere Hunde, alles gut", sagten sie in gebrochenem Deutsch. „Hier ist gar nichts gut", sagte einer der Polizisten scharf. „Sie betreiben einen illegalen Welpenhandel. Diese Tiere sind ausgehungert, mager, haben Angst und sind am Rande des Todes. Wir beschlagnahmen diese Tiere." „Nix wegbringen, ich alles erklären können, alles gut", kam es wieder von einem der Männer. „Können Sie sich ausweisen? Zeigen Sie uns die Zulassungsbescheinigung für den PKW", fuhr ihn der zweite Polizist nun fast schon unfreundlich an. Die beiden Männer hatten nur ihre Führerscheine dabei und keine Zulassungspapiere. Mit zusammengekniffenen Augen sahen die Polizisten auf die beiden Welpenhändler. „Sie kommen mit uns mit, Sie sind verhaftet. Illegaler Welpenhandel", sagte einer von ihnen. Die Männer wurden in das Polizeiauto gebracht und einer der Polizisten sagte zu Raphael und mir: „Sie haben ein großes Auto. Können Sie die Welpen hineintun und uns folgen?" „Ja, natürlich", erwiderte ich, nahm vorsichtig die zitternden Hunde aus dem Anhänger und bettete sie auf eine große Decke im Kofferraum. Wir fuhren zur Polizeistation und einer der Polizisten rief ein nahe gelegenes Tierheim an, erklärte die Situation und die Dame, die am Telefon war, versprach, dass sie alsbald jemanden schicken würde, um die Welpen abzuholen.

„Siehst du", sagte Raphael zu mir, als wir wieder auf dem Heimweg waren. „Wir können viel bewirken, wenn wir offen sind für die Hilferufe der Tiere." Ich lächelte Raphael glücklich an. Einige Zeit später läutete mein Handy und die Polizei war dran. Sie hätten die Welpen nun dem Tierheim übergeben. Dieses würde für die Hunde sorgen, sie aufpäppeln und später auf gute Plätze vermitteln. Den Tierhändlern würde ein Gerichtsverfahren drohen. Mir kamen die Tränen, weil ich so selig war, dass wir die Tiere retten konnten.

Raphael ging zum Kühlschrank und nahm eine Flasche Sekt heraus. „Ich weiß zwar nicht, was das ist", meinte er. „Aber lass uns feiern." „Das ist Sekt, ein Perlwasser", erwiderte ich. „Ein Perlwasser?", entgegnete Raphael belustigt. „Nie gehört." Wir gossen den Sekt in Gläser und prosteten uns gegenseitig zu. „Es prickelt auf der Zunge", meinte Raphael nach dem ersten Schluck. „Angenehm?", fragte ich ihn. „Ja", kam es heiter von Raphael. „Dazu jetzt aber was zu essen", setzte er fort. „Damit wir für die Nacht gestärkt sind." Beschwingt stand ich auf und holte Käse, Weintrauben und Brot sowie Butter aus dem Kühlschrank. „Das genügt", kam es lachend von Raphael. „Sonst sind wir am Ende noch zu müde" „Zu müde für was?", fragte ich ihn belustigt. „Wir haben ..." Der tiefe und zärtliche Blick aus seinen samtbraunen Augen ließ mich jedoch verstummen.

„Das zeige ich dir später, mein Engel", sagte Raphael verheißungsvoll und biss genussvoll in eine Weintraube.

KAPITEL 7

Genesung von Rehkitz Helena

Jeden Tag in der Früh und am Abend sahen Raphael und ich nach Helena, gaben ihr frisches Futter und Wasser und versorgten ihre Wunde, die inzwischen so gut wie verheilt war. Einige Tage später befreiten wir Helena von der „Beinschiene". Wir freuten uns, dass Helena nun begann, aufgeweckt hin und her zu laufen. Viel Auslauf hatte sie in dem zwar großen Stall allerdings nicht. Immer wieder sah das kleine Reh sehnsüchtig hinaus in die Winterlandschaft und gab fiepende Laute von sich. Wir trauten uns allerdings noch nicht, Helena freizulassen. Zu groß erschien uns die Gefahr, dass ihr wieder etwas passieren könnte. Dann, an einem sonnigen Wintermorgen, als Raphael und ich gerade unser Frühstück genossen hatten, vernahmen wir vor der Hütte ein anderes Fiepen, einen Laut, den Helena nicht von sich gegeben haben konnte. Wir gingen nach draußen und erblickten ein großes Reh, das mit seinen Vorderläufen und seiner Nase an die geschlossene Stalltür stupste. Von Helena vernahmen wir ein leises Fiepen und dieses erwiderte das große Reh. Wir vermuteten, dass es Helenas Mutter sein musste. Langsam gingen Raphael und ich zu dem Stall. Das Reh kam auf uns zu, musterte uns vorsichtig und ließ sich nach ein paar Augenblicken willig streicheln. Wir öffneten die Stalltüre und Helena stürmte freudig heraus und auf ihre Mutter zu.

Raphael und mir kamen fast die Tränen, als wir sahen, wie innig sich die beiden begrüßten. Dann sah Helena uns an und kam auf einmal auf uns zu. Sie stupste ihre Nase zuerst an die von Raphael, dann an meine, als wollte sie „Danke" sagen. „Gern geschehen, liebe Helena", sagte ich leise. „Nun gehst du zurück in deine Heimat." Gemeinsam lief Helena mit ihrer Mutter in den Wald zurück, sah sich nach kurzer Entfernung noch einmal zu uns um und war im nächsten Augenblick verschwunden. Raphael und ich gingen zurück in die Hütte und waren glücklich, dass für Helena alles so einen guten Ausgang gefunden hatte und dass wir ihr helfen konnten, gesund zu werden.

„Was hältst du davon", meinte Raphael an einem kalten Winterabend, als wir uns gerade in warme Decken eingekuschelt hatten, „wenn wir morgen oder übermorgen wieder zurück in dein Haus gehen? Helena ist wieder bei ihrer Familie und um sie brauchen wir uns keine Sorgen mehr zu machen." „Ja, das ist eine gute Idee", erwiderte ich heiter. „Dann lass uns morgen gleich aufbrechen." „Und heute genießen wir noch eine gemeinsame Nacht hier", kam es verlockend von Raphael und dabei sah er mich liebevoll an. Mein Blick versank in seinen glühendbraunen Augen. Zärtlich zog er mich an sich und die Welt versank um uns herum.

Am nächsten Morgen packten wir unsere Sachen und stapften durch den Schnee zurück zu meinem Haus. Als Raphael und ich ins Haus kamen, sahen wir zuerst nach den Igeln, die nach wie vor gemütlich ihren Winterschlaf hielten. Bald würde es Frühling werden, dann konnten wir die beiden wieder in die Freiheit entlassen. „Viel Vorräte sind nicht mehr da", sagte ich leicht betrübt zu Raphael, nachdem ich Kühlschrank und Schränke durchsucht hatte. „Für heute sicher genug", erwiderte er mit einem Lächeln. „Einkaufen können wir auch morgen." Die Intensität, mit der Raphael mich ansah, verschlug mir den Atem. „Komm, mein Engel", flüsterte er heiser. „Ich hab Hunger." „Ich auch", erwiderte ich leise. Schweigend zog er mich an sich, nahm mich auf seine Arme und trug mich ins Schlafzimmer. Das weiche Bett schien schon auf uns gewartet zu haben und die drei goldenen Sterne, die auf der Bettdecke gelegen hatten, machten bereitwillig Platz und schwebten an die Zimmerdecke, von wo aus sie schillerndes Licht verstrahlten. In einem zärtlichen, endlosen Kuss verloren Raphael und ich uns schließlich in einer Welt, in der es weder Raum noch Zeit gab.

KAPITEL 8

Frühlingsbeginn mit Igeln und Katzen

Langsam wich der kalte Winter dem beginnenden Frühling. Ein paar Schneeglöckchen und Krokusse waren schon im Garten vor meinem Haus zu sehen und auf den Bäumen kamen langsam und zögernd die ersten Blüten, die viele Bienen in Scharen anlockten. Raphael und ich genossen dieses herrliche Schauspiel der Natur und saßen mittags bei einem guten Essen und einem hervorragenden Glas Rotwein auf der Terrasse. Der Efeu rankte sich um das Terrassendach und gewährte uns Schatten vor der Sonne, die mittlerweile eine fast frühsommerliche Wärme verstrahlte. „Was meinst du?", fragte Raphael, nachdem wir unser Essen beendet hatte. „Wir könnten die Igel wieder freilassen." „Ist das noch nicht zu früh?", erwiderte ich zögernd. „Sie sind doch noch so klein." „Wir können die Igel in deinen Garten geben. Wir müssen sie ja nicht in den Wald zurücktragen. Wenn es den Igeln gefällt, werden sie hierbleiben", meinte Raphael. „Das ist eine gute Idee", entgegnete ich. Wir trugen den Käfig mit den Igeln, zwei Weibchen, wie wir festgestellt hatten, die wir Sophia und Lucia tauften, in den Garten. Die beiden Mädchen waren inzwischen schon aus ihrem Winterschlaf erwacht und erfreuten sich an dem bereitgestellten Futter und dem Wasser. Als wir die Käfigtüre öffneten, lugten Sophia und Lucia zuerst ängstlich, aber dann neugierig hinaus. Vorsichtig wagten die beiden die ersten Schritte ins Grüne, von der Sonne erwärmte Gras. Sicherheitshalber stellten Raphael und ich ein großes Gitter auf, das wir mit einem Dach versahen und in das wir ein behagliches großes Holzhaus, versehen mit Stroh und Heu als Unterlage für die Igel, hineinstellten, damit diese einen Rückzugsort hatten. Sophia und Lucia fühlten sich ganz offensichtlich wohl in ihrer neuen Umgebung. In die „Freiheit" entlassen konnten wir sie immer noch. Aber vorerst waren die beiden Mädchen bei Raphael und mir gut aufgehoben.

Der Frühling besiegte den Winter mit all seiner Macht und die Blumen und Sträucher im Garten trugen bereits wunderschöne Blüten und dufteten herrlich. Raphael und ich gingen Hand in Hand durch die Wiese und genossen das Erwachen der Natur. Plötzlich vernahmen wir ein leises Maunzen, das aus dem nahe beim Haus gelegenen, nicht mehr benutzten Abstellraum kam, wo aber die Tür nur angelehnt war. Als wir nachsahen, entdeckten wir eine dicke, ganz offensichtlich trächtige Tigerkatze zusammengekauert auf dem kalten Boden liegen, die Raphael und mich, so kam es uns zumindest vor, hilfeflehend anblickte. Langsam ging ich auf sie zu und ließ sie an meiner Hand schnuppern. Mit großen Augen sah sie mich an und rieb dann ihren Kopf an meinen Fingern. „Ich hole den großen Plüschkorb, den du in der Garage hast, und stelle ihn ins Wohnzimmer", sagte Raphael. „Wenn Tigerle es zulässt, trägst du sie hinein." „Ok", erwiderte ich und nahm Tigerle vorsichtig in meine Arme. Ohne Widerstand ließ sie es geschehen. Sie merkte offenbar, dass wir ihr helfen wollten. Im warmen Wohnzimmer legte ich Tigerle vorsichtig in den weichen Korb, in den sie sich sofort kuschelte. Dann holte ich Futter und Wasser für Tigerle, das sie dankbar und hungrig annahm. Auch ein Kistchen mit Streu stellte ich bereit, damit Tigerle ihre Geschäfte verrichten konnte. Wie lange mochte es wohl noch dauern, bis sie die Kätzchen gebar? Diese Frage wurde uns ein paar Stunden später beantwortet. Gerade, als Raphael und ich schlafen gehen wollten, hörten wir ein langgezogenes „Miau", immer wieder. Wir gingen sofort zu Tigerle und sahen, dass bereits das erste Kätzchen das Licht der Welt erblickt hatte. Es folgten drei weitere. Tigerle biss die Nabelschnur jedes Mal durch und leckte die frisch geborenen Kätzchen ab. Tigerle wirkte erschöpft nach dieser anstrengenden Geburt. Die Kätzchen, die gesund und munter schienen, kuschelten sich an ihre Mama und begannen bereits, hungrig an ihren Zitzen zu saugen. Müde ließ Tigerle dies geschehen. Als wir ihr eine Futterschüssel hinstellten, begann sie gierig zu essen. Zärtlich streichelte ich über Tigerles Fell. „Alles gut, mein kleiner Tiger", sagte ich sanft. „Du und deine Kinder werden es gut bei Raphael und mir haben, versprochen." Mit ihren schönen, großen, gelben Augen sah Tigerle mich an und zwinkerte mir zu.

KAPITEL 9

Ein „tierischer" Sommer

Mittlerweile war der Sommer ins Land gezogen. Tigerle und ihre vier Katzenkinder, drei Buben und ein Mädchen, waren wohlauf. Wir gaben ihnen die Namen Tina, Mario, Lukas und Romeo. Von Tag zu Tag wurden die Katzenkinder lebendiger, mutiger und forscher. Sie streiften durch das Wohnzimmer und „bekriegten" die Kratzbäume, die Raphael und ich aufgestellt hatten. Davon machte auch Tigerle tüchtig Gebrauch. Vier weitere bequeme Katzenkörbchen hatten wir bereitgestellt. Aber meist kuschelte sich das „Vierergespann" – wie wir es liebevoll nannten – in einem Korb zusammen oder sie schliefen bei Tigerle, ihrer Mutter. Nach einiger Zeit fütterten Raphael und ich die Kleinen bereits mit Feuchtfutter, das diese gerne annahmen. Ein paar Wochen später kam Renate, eine Freundin von mir, zu Besuch und verliebte sich sofort in die Kätzchen samt Katzenmama. „Die würde ich alle gerne zu mir nehmen", sagte Renate. „Gerne, auch wenn es uns schwerfällt, aber bei dir haben sie sicher einen wundervollen Platz", entgegnete ich. „Da könnt ihr euch sicher sein, das haben sie, versprochen", rief Renate freudig aus. Raphael und ich gaben Tigerle, Tina, Mario, Lukas und Romeo in Transportkörbe und trugen sie zu Renate ins Auto. Futter, Streu, Körbchen und Kisterl sowie die Kratzbäume packten wir auch noch mit ein. So gerüstet fuhr Renate nach Hause. „Ihr hört von mir", rief sie glücklich. „Ich sag euch jeden Tag, wie es meiner Katzenfamilie geht." Als Renate weg war, war Raphael und mir ein bisschen weh ums Herz. Aber wir wussten, dass die fünf es bei Renate guthaben würden.

Am nächsten Morgen fuhren Raphael und ich in die Stadt, um Vorräte zu kaufen. Am Ende der langgezogenen Straße entdeckten wir ein halbverfallenes Gebäude, aus dem wir klägliche Tierlaute vernahmen. „Da sehen wir doch mal nach", meinte

Raphael forsch. Was wir da sahen, verschlug uns allerdings die Sprache. Etliche Pferde, Kühe und Schweine waren in einem tierunwürdigen Stall zusammengepfercht. Offenbar für den Schlachthof bereitgemacht. Vom Besitzer war weit und breit keine Spur zu sehen. Wir riefen die Polizei, die umgehend kam. Die Polizisten riefen den Tierschutz an, der sofort einen großen Wagen schickte, mit dem die Tiere abtransportiert werden konnten. „Dem Besitzer droht ein Strafverfahren", erklärte uns einer der Polizisten. „Der Tierschutzverein wird die Tiere auf einen ‚Gnadenhof' bringen, wo sie aufgepäppelt werden und unter artgerechter Haltung ihren Lebensabend verbringen dürfen." Raphael und ich waren glücklich, dass wir wieder etwas für die Tiere tun konnten.

Als Raphael und ich abends im Garten auf der bequemen Hollywoodschaukel saßen und in das Flackern der Windlichter sahen, die wir auf dem Tisch aufgestellt hatten, meinte er plötzlich: „Nach all den ereignisreichen Dingen hier hätten wir uns doch einmal eine Ruhepause verdient." Lächelnd fragte ich: „Ja, Raphael, sehr gerne. Und wo?" „Auf meiner Insel", erwiderte Raphael augenzwinkernd. „Das wird dir gefallen." „Es gefällt mir überall, wenn wir nur zusammen sind", erwiderte ich leise. „Aber was ist mit den Igeln?", fragte ich. „Die versorgt Sabine, deine Freundin", meinte Raphael lächelnd. „Ich habe sie gestern informiert, sie kommt jederzeit." „Sehr gut, danke", erwiderte ich freudestrahlend. „Dann steht unserem ‚Urlaub' ja nichts mehr im Wege." Raphael stand auf und zog mich zärtlich in seine Arme. Seine heißen Küsse erwiderte ich hingebungsvoll. Ein erotischer Höhenflug folgte dem nächsten, bis wir schließlich glücklich, aneinandergeschmiegt und erschöpft einschliefen.

KAPITEL 10

Auf einer Insel im weiten Meer

Als ich meine Augen öffnete, blickte ich direkt in einen wunderschönen, blauen Sternenhimmel. Trotzdem es Nacht war, war es nicht ganz dunkel. Die Sterne erhellten den Himmel, der blaugrün schimmerte. Verwirrt sah ich um mich. Wo waren wir? Auf Raphaels Insel? Ich spürte unter mir eine weiche Matte, auf welcher Raphael und ich lagen. Raphael schlief und sein Körper war dicht an mich geschmiegt. Da ich ihn nicht wecken wollte und das Gefühl genoss, Raphael ganz nahe bei mir zu fühlen, wagte ich vorerst nicht aufzustehen. Mit einer Hand tastete ich an den Rand der Matte und fühlte daneben feinkörnigen, warmen Sand. Im nächsten Augenblick erwachte Raphael, umschlang mich mit seinen Armen und zog mich zärtlich an sich. „Hallo mein Engelchen", flüsterte er. Unsere Lippen trafen sich zu einem langen und innigen Kuss. „Wo sind wir?", fragte ich erstaunt. „Auf meiner Insel, ein Paradies nur für uns zwei, wie ich es dir versprochen habe", erwiderte Raphael lächelnd. Er stand auf und nahm meine Hand. „Komm mein kleiner Engel, gehen wir schwimmen", forderte er mich auf. „Das Meer ist warm und ruhig. Lass uns den Sonnenaufgang genießen." Erst jetzt bemerkte ich, dass fast keine Sterne mehr am Himmel zu sehen waren. Stattdessen ging die Sonne wie ein leuchtender, feuerroter Ball am Horizont auf und hüllte den Himmel in blau-rot-gelbes Licht. Was für ein traumhaftes Schauspiel in dieser herrlichen Natur! Raphael und ich liefen Hand in Hand den Strand entlang zu einer kleinen Bucht. Das Wasser war hier noch nicht sehr tief. Vorsichtig tauchte ich einen Fuß hinein und war erstaunt, wie warm und angenehm es war. Rasch entledigten wir uns der Kleidung und tauchten ein in die sanften Wellen des Meeres. Das Wasser umspülte spielerisch meinen Körper. Ich spürte die wärmenden Strahlen der Sonne, die nun groß und rot-gelb am

Himmel stand. Raphael zog mich dicht an sich und streichelte mich zärtlich. Eng presste ich mich an ihn und wir verloren uns in einem langen, liebevollen Kuss. Einige Zeit später schwammen wir zurück und liefen zu Raphaels Haus, das ich erst jetzt bemerkte. Mit weichen Tüchern trockneten wir unsere nassen Körper gegenseitig ab und schlüpften in kuschelige Bademäntel. „Ich hab Hunger", sagte Raphael plötzlich. „Ich auch", erwiderte ich leise. „Ich mach uns Frühstück, wenn du magst." „Frühstücken können wir auch später", erwiderte Raphael verschmitzt und mit einem Zwinkern in seinen braunen Augen. Ich lächelte ihn liebevoll an und wortlos nahmen wir uns in die Arme. Ja – das Frühstück konnte noch warten.

Viele Tage und Nächte verbrachten Raphael und ich auf „unserer Insel", unserem „Paradies". Ich hatte jegliches Zeitgefühl verloren. Was für ein Tag war wohl in meiner Welt? Ich machte mir darüber aber nicht allzu viele Gedanken. Zu sehr genoss ich die Zeit mit Raphael. Sehr früh morgens paddelten wir oft mit einem kleinen Boot auf das Meer hinaus und bewunderten gemeinsam den herrlichen Sonnenaufgang. Abends saßen wir eng umschlungen auf der Terrasse vor Raphaels Haus mit einem guten Glas Wein, Käse, Brot und Obst auf dem Tisch vor uns und betrachteten die untergehende Sonne, die langsam im tiefblauen Meer versank und dem Himmel fantastische und traumhafte Farben verlieh. Das erste Aufblinken einiger Sterne war nach kurzer Zeit bereits zu sehen und die Nacht senkte sich über die kleine Insel.

Eines Morgens hatten Raphael und ich beschlossen, noch vor dem Frühstück schwimmen zu gehen. Wir liefen Hand in Hand den Strand entlang bis zu der kleinen Bucht und freuten uns auf ein Bad im warmen Meer. Noch bevor wir uns unserer Kleidung entledigt hatten, sah ich aus den Augenwinkeln heraus etwas nahe am Strand. „Raphael – sieh mal – was ist das?", flüsterte ich. „Delfine, ganz kleine, Babys. Das Meer hat sie angespült und sie können alleine nicht mehr zurück", erwiderte Raphael leise. „Gut, dass du es bemerkt hast – komm, wir helfen ihnen." Gemeinsam liefen wir auf die Delfine zu und sahen gleichzeitig zwei große Delfine, die unruhig im Meer auf und ab schwammen. Das mussten wohl die Eltern sein. Immer wieder schwammen sie auf uns zu, so, als wollten sie uns um Hilfe bitten. Sachte berührten Raphael und ich die Babydelfine, die uns mit ihren großen Augen ansahen, nahmen sie auf unsere Arme und trugen sie ins Meer. Als das Wasser tief genug war, ließen wir sie frei. Munter schwammen sie davon – ihrer Familie entgegen, die sie mit offenen „Flossen" empfing und glücklich zu sein schien, dass sie wieder vereint waren.

Als Raphael und ich Stunden später am Strand auf einer weichen Matte lagen und die Abendsonne genossen, bemerkten wir auf einmal ein lautes Plätschern im Meer. Verwundert sahen wir auf und bemerkten einen riesigen Delfin, der hin und her schwamm und uns offenbar sagen wollte: Kommt her zu mir. Langsam gingen wir auf den Delfin zu, der ziemlich nahe an den Strand gekommen war. Mit seiner großen Nase berührte er zuerst Raphaels und dann mein Gesicht; dann schwamm er ins Meer zurück, bäumte sich noch einmal in voller Größe auf, wedelte mit seinen Hinterflossen und verschwand in den Fluten. Beeindruckt und gerührt von diesem Erlebnis gingen wir zurück in Raphaels Haus.

KAPITEL 11

Rocco

Als wir die Küche betraten, herrschte dort ein einziges Chaos. Alles war verwüstet. Ein einziger „Scherbenhaufen". Auch die anderen Zimmer sahen nicht besser aus. „Was ist hier geschehen?", fragte ich Raphael panisch. „Das weiß ich noch nicht so ganz genau", erwiderte er fast tonlos. „Aber irgendjemand will uns Böses; keine Ahnung, wie derjenige durch den Schutzschirm gekommen ist. Vielleicht habe ich ihn nicht stark genug gemacht." Angstvoll sah ich Raphael an. In dem Moment hörten wir ein lautes Geräusch, das von draußen kam und kurz darauf das Innere des Hauses erfüllte. Groß und furchteinflößend stand mit einem Mal eine Gestalt vor uns, gehüllt in schwarz-rote Kleidung, die ihr bis zu den Knöcheln reichte. Die Schuhe waren ebenfalls in Schwarz gehalten. Zuerst dachte ich, es sei Xania, aber das konnte wohl nicht sein. „Wer bist du und was willst du?", fragte ich forsch. „Erkennst du mich nicht wieder, du ‚Möchtegern-Engel'?", vernahm ich höhnisch eine Stimme. Und sie war mir noch gut in Erinnerung – Xania! „Oh, du ‚Engelchen', du dachtest, ich sei tot und du hättest mich damals mit dem Kräutertopf zur Strecke gebracht. Was auch beinahe so gewesen wäre. Und ich ließ dich in dem Glauben. Du hast mich sehr verletzt und ich brauchte lange, um mich zu erholen. Aber mit der Hilfe eines guten Freundes lebe ich noch", kam es kalt und scharf von Xania. „Raphael kann noch so gute Schutzschirme bauen, sie hindern mich nicht daran, in eure Welt zu kommen. Macht euch auf das Schlimmste gefasst!" Fassungslos sah ich in Xanias Gesicht, das alles von ihrer damaligen „Schönheit" eingebüßt hatte. Die einstmals langen roten Haare standen Xania nur in kurzen Fransen vom Kopf und ihr Gesicht war eine Fratze. Ihre Wangen waren versehen mit tiefen Narben und das linke Auge war fast nicht mehr vorhanden. Wie aus dem Nichts tauchte neben Xania plötzlich eine ebenfalls große Gestalt auf. Seinen Körper hatte er in einen langen schwarzen Umhang gehüllt, das Gesicht von ihm war vorerst so gut wie nicht zu erkennen und auf seinem Kopf trug er einen großen Hut. Langsam kam er auf Raphael und mich zu. Xania hielt sich im Hintergrund. „Rocco", kam es leise und gefährlich von Raphael. „Wir haben uns ja lange nicht mehr gesehen, so eine ‚Freude', hätte ich mir ja denken können, dass du deine Xania rächen willst." „Selbstverständlich werde ich Xania rächen", sagte Rocco mit einem bösen Grinsen auf dem Gesicht. „Ich habe Xania wieder ‚zusammengebaut', aus dem Häufchen Asche, das übriggeblieben ist." „Das Werk ist dir sichtlich nicht gut gelungen", erwiderte Raphael spöttisch. Drohend kam Rocco näher und Raphael bedeutete mir, im Haus zu bleiben. Langsam ging Raphael auf Rocco zu. „Oho", tönte es hämisch von Rocco. „Du kannst dein kleines Engelchen nicht beschützen. Zuerst töte ich dich und dann nehme ich mir deinen ‚Schutzengel' vor. Sie soll sehen, wie du zugrunde gehst." „Glaubst du wirklich, du hättest hier in meiner Welt, in die du ungebeten gekommen bist, irgendeine Macht?", fragte Raphael scharf. „In meiner Welt herrschen *meine* Regeln!" „Das werden wir ja sehen", schleuderte uns Rocco trocken entgegen. „Wer von uns stärker ist." „Genauso ist es", kam es von Raphael zurück. „Aber zuerst werden du und Xania unter meinem Hitzemantel schmoren." Mit einer ausladenden Handbewegung stülpte Raphael einen Schirm um die beiden, der sie vollständig einschloss und eine unangenehme Wärme verstrahlte. „Der Schirm hält nicht lange", erklärte mir Raphael. „Aber ich habe noch anderes parat." Fragend sah ich Raphael an.

KAPITEL 12

Dora und Rosalia

„Dora! Rosalia!", hörte ich plötzlich Raphaels melodische Stimme. Wen rief er auf einmal? In den nächsten Augenblicken erschienen zwei wunderschöne Elfen. Die eine war eine weißhaarige ältere Dame und in blau-grünes Gewand gekleidet, das ihr bis zu den Waden reichte. Ein hellblauer Hut schmückte ihren Kopf und mit einem gütigen, sanften Lächeln sagte sie zu Raphael: „Was kann ich tun für dich, mein Sohn?" Raphael sah Dora – so stellte er sie mir vor – lächelnd und erleichtert an. „Mama, danke, dass du da bist. Bitte hilf meinem Engelchen und mir." „Das werde ich gerne machen", erwiderte Dora. „Mich brauchst du wohl dann gar nicht", kam es lachend und augenzwinkernd von der anderen Elfe, die in rosa-schwarzes Gewand gehüllt war. Ihre Füße steckten in hochhackigen Schuhen und ihr langes blondes Haar umspielte ihre Schultern. Aus blitzend-blauen und schelmischen Augen sah sie Raphael und mich an. „Rosalia – mein geliebtes Schwesterherz!", rief Raphael freudig aus. „Wie könnte ich dich nicht brauchen! Ich danke dir ebenfalls, dass du meinen Ruf erhört hast und hier bist." „Das ist also dein geliebtes Engelchen", sagte Dora leise und kam auf mich zu. Lächelnd legte Dora eine Hand auf meine Schulter und sah mich lange an. „Du hast meinen Sohn vor Xania gerettet", sagte Dora, fast kaum hörbar. „Das war mehr als mutig von dir." „Ich liebe Raphael aus meinem ganzen Herzen. Wie hätte ich ihm denn nicht helfen sollen?", entgegnete ich. Dora sah mich intensiv an. „Ja", sagte sie dann. „Du bist die Frau, auf die Raphael sein ganzes Leben lang gewartet und gehofft hat." „Genauso ist es für mich, Dora", erwiderte ich leise. „Raphael ist der Mann meiner Träume." „Im wahrsten Sinn des Wortes", mischte sich Rosalia lachend ein. Raphael, Dora, Rosalia und mich überkam eine Heiterkeit, über die wir Xania und Rocco fast vergessen hätten. „Der Schirm fängt an zu zerbröckeln", rief Rosalia plötzlich, fast hysterisch. „Was jetzt?" „Keine Sorge", kam es lachend von Dora. „Ich habe da meine Freunde." Verständnislos sahen wir alle Dora an, die sich erhob und an den nahegelegenen Strand spazierte. Sie streifte ihre Schuhe ab und ging ein paar Schritte in das – plötzlich aufwallende – tiefblaue Meer hinein. Dora erhob ihre Arme und murmelte Worte, die Raphael, Rosalia und ich aus dieser Entfernung nicht verstehen konnten. Dann sahen wir zwei kleine Wale auf Dora zukommen. Zuerst waren wir erschrocken, bis wir bemerkten, dass die Wale zirka einen Meter vor Dora Halt machten. Dora flüsterte den Walen etwas zu, das wir nicht verstanden, und machte dann eine einladende Handbewegung in Richtung des Schutzschirmes, unter dem Xania und Rocco gefangen waren. „Rosalia", vernahmen wir Doras Stimme. „Komm und bring den Schirm her, bitte." Sogleich machte sich Rosalia auf den Weg. Raphael und ich boten unsere Hilfe an, die sie jedoch dankend ablehnte. Der Schirm war schon ziemlich durchlöchert und es war nur mehr eine Frage der Zeit, bis Xania und Rocco wieder frei waren. Mit ihrer ganzen Kraft schob Rosalia den „Käfig", in dem sich Xania und Rocco befanden, in Richtung Meer zu Dora und den Walen. Und dann – öffnete Dora den Käfig! Kurz verschlug es Raphael und mir den Atem. Warum das? Einen kurzen Augenblick später sahen Raphael und ich, dass die beiden Wale nach ihnen schnappten und sie verschlangen. Wie versteinert hatten Raphael und ich dieses Schauspiel beobachtet. Als Dora und Rosalia zurück vom Strand kamen und sahen, dass Raphael und ich „völlig neben uns standen", meinten beide lächelnd: „Die Wale haben gutes Futter bekommen und euer Haus ist übrigens wieder völlig in Ordnung." „Danke Dora, danke Rosalia", kam es von Raphael und mir fast gleichzeitig. „Jetzt machen wir uns auch etwas zu essen, das haben wir uns alle verdient", sagte ich fröhlich. Mit diesem Satz erhob ich mich und ging in die Küche, gefolgt von Rosalia. „Ich helfe dir", sagte Rosalia vergnügt. „Habt ihr auch genug Wein da?" Ich öffnete den Kühl- und auch Vorratsschrank und meinte belustigt: „Ist das genug? 24 Flaschen?" „Wird sich knapp ausgehen", erwiderte Rosalia schelmisch. „Dann lass uns mal die erste Flasche öffnen." Nach den ersten zwei Gläsern Rotwein, die Rosalia und ich sehr genossen, machten wir uns daran, ein leckeres Abendessen zuzubereiten. Dora und Raphael, die auf der Terrasse vor dem Haus saßen, servierten wir vorab ebenfalls Rotwein und als Vorspeise Brot, Käse und Weintrauben. Das anschließende Fondue, das Rosalia und ich vorbereitet hatten, genossen wir alle sehr. Mittlerweile war es spät nachts geworden. Am Himmel konnte man bereits unzählige Sterne sehen und der Mond leuchtete in seiner vollen Pracht. Dora und Rosalia erhoben sich von der bequemen Bank, auf der sie gesessen hatten, und verabschiedeten sich von Raphael und mir. „Ihr wollt jetzt wohl sicher mal alleine sein", kam es augenzwinkernd von Rosalia. Herzlich umarmten Dora und Rosalia zuerst Raphael und dann mich. „Danke, tausend Dank für alles", sagte ich leise zu den beiden. „Nichts zu danken, gerne geschehen", erwiderten sie. „Und das nächste Mal kommen wir in deine Welt", ergänzte Rosalia. „Sehr gerne", entgegnete ich, „Dora und du seid jederzeit willkommen!" Gemeinsam gingen Dora und Rosalia zum Strand. Raphael und ich blickten ihnen nach, bis wir sie aus den Augen verloren hatten. Dann – plötzlich – sahen wir zwei flammende Sterne am nachtblauen Himmel aufscheinen. Sie wurden immer kleiner und waren mit einem Mal nicht mehr zu sehen. Ungläubig sah ich Raphael an. „Jetzt sind Dora und Rosalia wieder zuhause", erklärte mir Raphael. „Komm, lass uns zu Bett gehen", fügte er sanft hinzu. „Es ist spät." „Gerne", flüsterte ich leise und küsste ihn zärtlich auf die Lippen. Raphael erwiderte meinen Kuss innig und nahm mich liebevoll in seine Arme. An Schlaf war allerdings jetzt noch lange nicht zu denken ...

KAPITEL 13

Rückkehr

„Möchtest du zurück in deine Welt, mein Engel?", fragte mich Raphael eines Tages. „Ja", erwiderte ich leise, aber nicht ohne fragenden Blick. Raphael verstand mich nur zu gut. „Wir können jederzeit wieder hierher kommen", sagte er lächelnd. Zärtlich umarmten wir uns und die Insel verschwamm vor meinen Augen, als hätte sich ein dichter Nebel um sie gelegt.

Als ich die Augen aufschlug, lag ich in meinem Bett, woraus ich mich langsam erhob, und sah mich schlaftrunken um. Die drei goldenen Sterne lagen auf dem blauen Tuch auf meinem Nachtkästchen und blinkten mich an. Von Raphael war keine Spur zu sehen. Angst ergriff mich. Wo war Raphael? Hatte er mich alleine gelassen? Da bemerkte ich, wie ein goldener Stern sich erhob und langsam in Richtung Küche schwebte. Der Stern hielt immer wieder inne, als wollte er mich auffordern, ihm zu folgen. Zögernd tat ich dies und sah Raphael am Herd stehen und ein Frühstück zubereiten. Gläser mit Orangensaft sowie Kaffee mit Milch und Zucker standen bereits am Tisch. In der Pfanne auf dem Herd brutzelten Eier und Käse, mit würzigen Kräutern bestreut. Ich blieb wie angewurzelt stehen. Lächelnd drehte sich Raphael zu mir. „Du hast doch nicht wirklich gedacht, ich würde dich alleine lassen, mein Engelchen", sagte er sanft und kam mit ausgebreiteten Armen auf mich zu, in die ich mich sofort schmiegte. Liebevoll erwiderte ich Raphaels Umarmung. „Doch, kurz hatte ich diesen Gedanken", kam es leise und kleinlaut von mir. „So etwas darfst du nie mehr denken, mein Engel. Ich wollte dich mit einem guten Frühstück überraschen", sagte Raphael zärtlich. „Danke mein Herz", erwiderte ich und blickte dabei beschämt auf den Boden. Raphael legte sachte zwei Finger unter mein Kinn und hob meinen Kopf an. Während er sich zu mir herabbeugte, vernahm ich seine sanfte, melodische Stimme: „Ich sehe, du bist noch nicht ganz munter. Dann werde ich dich jetzt wachküssen." Mein Blick versank in seinen tiefbraunen Augen und unsere Lippen fanden sich zu einem intensiven, zärtlichen, nicht enden wollenden Kuss.

Nachmittags klopfte es plötzlich an unserer Tür, und als wir öffneten, standen Dora und Rosalia davor. „Wir wollen euch nicht stören", kam es lächelnd von Rosalia. „Ihr stört uns doch nicht", kam es heiter von Raphael und mir. „Schön, dass ihr da seid. Bitte, kommt herein. Ihr hättet ja aber auch unser Haus betreten können, ohne zu klopfen", sagte ich lachend. „Klar", meinte Dora. „Aber das wäre mehr als unhöflich gewesen." Zu viert machten wir es uns im großen Wohnzimmer bei einem guten Wein gemütlich. Anschließend bereiteten wir alle zusammen ein herrliches Abendessen vor, das wir auf der Terrasse einnahmen. Auf den großen Tisch hatte ich Windlichter, welche die Form von Pilzhäuschen hatten, gestellt und Teelichter darin angezündet. Mittlerweile war es bereits dämmrig geworden und der Kerzenschein erhellte die Umgebung. Eine leichte, angenehme Brise kam auf und Dora und Rosalia sahen sich bedeutungsvoll an. Raphael lächelte verschmitzt und meinte: „Ah, ihr wollt den Wind zur Heimreise nutzen." „Ja klar", sagten Dora und Rosalia wie aus einem Mund. „Wozu sich selbst anstrengen, wenn der ‚Chauffeur' schon da ist?" Herzlich umarmten Raphael und ich Dora und Rosalia zum Abschied. „Das nächste Mal kommen Raphael und du in unsere Welt", nahmen mir die beiden noch das Versprechen ab, bevor Dora und Rosalia sich in die Flügel des Windes begaben, der die beiden wieder sicher nach Hause brachte.

Raphael und ich saßen anschließend noch lange und eng umschlungen auf der großen Hollywoodschaukel, die auf der Terrasse stand, und blickten in den Himmel, der bereits mit etlichen Sternen bedeckt war. „Siehst du die zwei großen goldsilber leuchtenden Sterne dort links?", fragte mich Raphael leise. „Ja", erwiderte ich nach einem Blick gen Himmel. „Dort sind meine Mutter und meine Schwester zuhause. Wir können dort oder auch in meiner Welt für immer bleiben, wenn du das möchtest, mein Engel", sagte Raphael plötzlich sehr ernst und sah mich lange an. Ich wusste genau, was er meinte. Zusammen sein bis in alle Ewigkeit. „Ich gehe jeden Weg mit dir, Raphael, ich möchte für immer mit dir zusammen sein", flüsterte ich. „Das will ich auch, mein Engel", erwiderte Raphael. „Ich nehme dich mit mir mit, ich lass dich niemals allein." Ich sah in Raphaels wunderschöne samtbraune Augen, die mich zärtlich ansahen. „Sehe ich ein ‚Ja' in deinen schönen blaugrünen Sternenaugen?", fragte Raphael. „Ja, immer nur ja", kam es fast tonlos von mir. „Halt mich fest, Raphael, bitte." „Das werde ich, mein Engel", hörte ich Raphaels sanfte Stimme und ich spürte seine weichen Lippen auf den meinen. Ich schloss meine Augen und die Welt, die ich kannte, die mir vertraut war und in der ich bisher gelebt hatte, versank für mich in weiter Ferne und hörte für mich auf zu existieren.

Mein herzliches Dankeschön möchte ich Herrn Ing. Helmut Forster aussprechen. Ohne ihn wäre diese Geschichte nicht entstanden. Er war es, der mich zum Schreiben angeregt, meine Geschichte mit Verbesserungsvorschlägen bereichert und mich zum Weiterschreiben ermuntert hat. Herzlichsten Dank, lieber Helmut!

Die Autorin

Angelika Drabek wurde 1966 in Wien geboren, absolvierte die Volks- und Hauptschule in Strasshof und Deutsch-Wagram und maturierte 1985 an der Handelsakademie in Wien-Floridsdorf. Sie war anschließend als Bankangestellte vier Jahre tätig und arbeitete danach zweiunddreißig Jahre bei einem Rechtsanwalt als Sekretärin.

Schon als Kind liebte sie es, Geschichten zu schreiben, da sie damit ihrer Fantasie und ihren Träumen freien Lauf lassen konnte. Sie hat bereits Kurzgeschichten und ein Gedicht im Pilum-Verlag veröffentlicht. Im Jahr 2022 begann sie an einer neuen Fantasy-Geschichte zu arbeiten, die nunmehr im Vindobona Verlag zur Erscheinung gelangt. Privat setzt sie sich für den Tierschutz ein, was auch in ihrem Text zum Ausdruck kommt.

DER VERLAG

VINDOBONA
VERLAG SEIT 1946

ein Verlag mit Geschichte

Bereits seit 1946 steht der Vindobona Verlag im Dienst seiner Bücher und Autoren. Ursprünglich im Bereich periodisch erscheinender Journale tätig, präsentiert sich der Verlag heute als kompetenter Partner für Neuautoren am deutschen, österreichischen und schweizerischen Buchmarkt. Engagement, Verlässlichkeit und Sachverstand – das sind die Grundpfeiler, auf denen der Verlag seit jeher sicher steht.

Sie möchten mit Ihrem Werk das vielseitige Verlagsprogramm bereichern? Der Vindobona Verlag garantiert Ihnen eine professionelle Prüfung Ihres Manuskriptes durch das Lektorat sowie eine zeitnahe Rückmeldung.

Genauere Informationen zum Verlag finden Sie im Internet unter:

www.vindobonaverlag.com